DISCOURS

EN VERS

SUR L'ABOLITION

DE LA SERVITUDE

DANS LES DOMAINES DU ROI.

Par M. Gudin de la Brenellerie.

Pédarète n'ayant point été élu, s'en retourna, en disant :
Je me réjouis que la République ait trois cents
Citoyens plus honnêtes gens que je ne le suis.

PLUTARQUE.

A PARIS,

Chez Demonville, Imprimeur-Libraire de
l'Académie Françoise, rue Christine.

M. DCC. LXXXI.

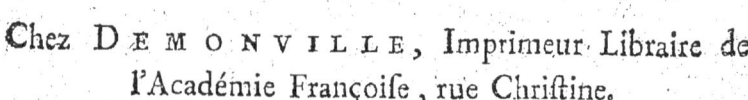

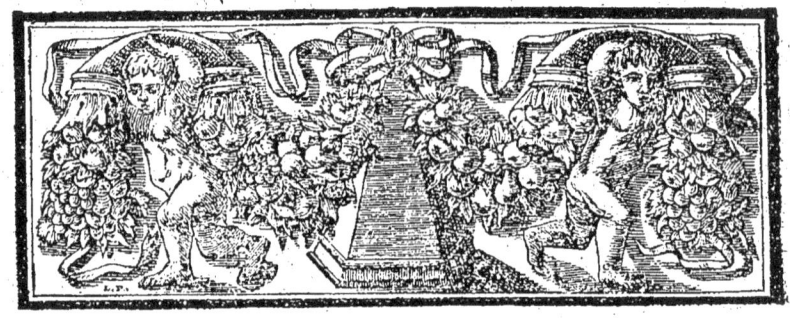

L'ABOLITION
DE LA SERVITUDE
DANS LES DOMAINES DU ROI.

To i, pour qui l'homme eft né, que tout Mortel défire,
Toi, qui foutiens le foible & réprimes le fort,
Toi, fans qui l'exiftence eft pire que la mort;
Paffion des grands cœurs, toi que le mien refpire,
Liberté, Liberté, renais chez les humains,
Renais: il eft encor d'auguftes Souverains,
Qui penfent que tu peux régner fous leur empire:
Ainfi l'ont cru Titus & les deux Antonins.
Liberté, Liberté, c'eft au milieu des Sages,
Devant un Peuple entier, au nom même d'un Roi,
Que j'ofe réclamer l'amour qu'on a pour toi,
Et la Lyre à la main chanter tes avantages.

Il eft peu de Mortels dignes de les chanter:

Je crois l'être ; du moins je ne fais point flatter :
Je n'ai point, à des Grands dédiant mes Ouvrages,
Décoré de leurs noms le faîte de mes pages.
Si j'écrivis un mot, c'est toi qui l'as dicté :
J'ai vécu pour toi feule & pour la vérité.
J'ai dérobé ma plume à ces triftes entraves
Par qui l'autorité, la fuperftition,
Dans Rome, dans Madrid, dans notre Nation,
Du Peuple des Auteurs font un Peuple d'Efclaves.
Préfide à tous mes chants ; fois-en l'unique objet,
Et dicte-moi des vers dignes de mon fujet.

Ce n'eft point en ce jour une foule rebelle
Qui renverfe les Lois ; qui, prompte à s'égarer,
Invoque la Licence en croyant t'implorer.
Modèle des vrais Rois, un Monarque t'appelle :
Avide, par fes mains, de verfer tes bienfaits,
Il a porté fes yeux fur fes moindres Sujets ;
Il a vu leurs affronts, il a fenti leur peine ;
Guidé par la juftice, il a rompu leur chaîne :
Il efface à jamais les veftiges honteux
De ces fers qu'autrefois ont porté nos aïeux.
Il veut que tout Mortel foit libre fous fon Règne,
Qu'aucun dans fes malheurs de fon Roi ne fe plaigne.
Mais lorfqu'il met un terme à tant d'adverfités,
Il n'a point en Tyran dicté fes volontés :
Content de délivrer de fa main fouveraine
Le ruftique Habitant de fon heureux Domaine,

Il n'a point dépouillé d'antiques Possesseurs
Du vieux droit d'insulter à la Nature humaine,
Et de s'enorgueillir d'être ses Oppresseurs.
Combattant sa pitié, son équité sévère
Auroit craint d'attenter à leur propriété.
Sentiment peu connu des Maîtres de la Terre,
Du Roi que nous servons tu peins le caractère.
Mais l'homme dans nos biens peut-il être compté?
N'est-il qu'un vil bétail qu'on vende & qu'on achète?
A de telles erreurs la Loi seroit sujette !
Elle asserviroit l'homme à tant d'indignité !
S'il est un droit sacré, durable, illimité,
Que le long cours des ans ne puisse pas détruire,
Qui, par des Réglements, ne se puisse prescrire,
C'est l'immuable droit de notre liberté.
Mais, pour rendre ce droit à nos malheureux frères,
Des ordres rigoureux seroient-ils nécessaires?
Nous sommes plus heureux; gouvernés par les mœurs,
L'exemple du Monarque entraîne tous les cœurs.
Prompt à s'y conformer, déjà par-tout en France
On abjure à jamais une injuste puissance,
Et des droits odieux fondés sur des erreurs.
Le Serf est en tous lieux affranchi par ses Maîtres.
Nos jours seront plus beaux que ceux de nos ancêtres:
Votre Règne, ô mon Roi ! sera plus florissant;
Le Roi d'un Peuple libre est seul un Roi puissant.
O Liberté ! sans toi l'ame est sans énergie;
Toute gêne flétrit ou détruit le génie.

Avec quelque talent qu'un Efclave foit né,
Plus il avance en âge & plus il eft borné.
Chez nos triftes aïeux, dans la Grèce, dans Rome,
Un Efclave jamais ne devint un grand Homme.
Ce Lion né fi fier & qui t'eût terraffé,
Dans tes piéges tendus s'il tombe embarraffé,
S'il ne peut les brifer, fi fon audace eft vaine,
Il s'épuife, il languit, il décroît chaque jour,
Il perd jufqu'à l'inftinct fous la main qui l'enchaîne:
Vers fon premier état s'il fent quelque retour,
C'eft une fureur fombre, une colère atroce;
Il n'eft plus généreux, il eft lâche & féroce.
Tel eft l'homme courbé fous un joug odieux.
J'ofe vous attefter, faftes de nos aïeux,
Quels faits dépofez-vous? qu'a produit l'Efclavage?
Les maux du Peuple entier, la perte des talents,
La honte de l'Etat, la révolte des Grands,
Et du Trône ébranlé l'infaillible naufrage.
C'eft une nuit où gronde un éternel orage.
J'en appelle au Sarmate, à trente Nations,
A nous qui fous ce joug autrefois gémiffions.
Qu'étions-nous? Quel fuccès, quel art, quelle entreprife
Fut digne d'être alors par la gloire tranfmife?
Des Châteaux fur des monts bâtis par des Tyrans,
De ces fiècles groffiers font les feuls monuments.
L'un de l'autre ennemis, fe déchirant eux-mêmes,
Les Grands ne connoiffoient que la force pour lois;
Ils opprimoient le Peuple, ils attaquoient leurs Rois;

Ils les ont quelquefois privés du diadême :
Mais ces fiers Oppreffeurs de tant de Potentats,
S'ils dévaſtoient l'Etat, favoient-ils le défendre ?
Prodigues de leur fang, avides d'en répandre,
Pour chaffer leurs ennuis appelant les combats,
Ils s'armoient en tumulte, & contents d'être braves,
Si la Guerre eſt un Art, ils ne s'en doutoient pas.
Saxons, Germains, Danois, Arabes, Scandinaves,
Sur l'Etat déchiré fondoient de tous côtés ;
Eh ! qu'importoit alors à des Peuples efclaves
Qu'un Etranger vainqueur régnât dans nos Cités ?
Que dis-je? Las des Grands & de leurs cruautés,
Ils cherchoient un vengeur qui brisât leurs entraves,
Et qui punît enfin des Maîtres déteſtés.

D A N S la confuſion fur l'Europe étendue,
Les titres étoient tout ; l'homme feul n'étoit rien :
Efclaves ou Tyrans, nul n'étoit Citoyen.
L'ignorance régnoit en tous lieux répandue.
De mille préjugés l'incertaine lueur,
Des efprits qu'ils trompoient accroiffoit la terreur.
A l'opprobre, à l'erreur, aux révoltes livrée,
La France périffoit par fes fils déchirée.
De cet état de mort quel bras l'a retirée !
Eſt-ce un de ces Héros chargés de tant d'honneurs !
Un de ces Chevaliers dans cent tournois vainqueurs,
Si fiers de leurs exploits, fi vains de leur naiffance ?
Non fans doute. Eh ! qui donc a délivré la France?

Un enfant inconnu, fur l'Autel expofé,
Peut-être né lui-même au fein de l'Efclavage.
Si le joug eût refté fur fa tête impofé,
Son génie eût péri fous l'opprobre écrafé.
Libre au moins dans fon Cloître, élevé près d'un Sage,
De penfer, de s'inftruire, il connut l'avantage.
Son efprit par l'erreur ne fut point abufé.
A fon Roi, qui l'aima, lié dès fon jeune âge,
Le vice de l'Etat ne fut plus déguifé :
Il connut tous les vents, il maîtrifa l'orage ;
Dans les Peuples au Trône il chercha des foutiens,
De leur joug le premier brifa quelques liens,
Et de l'homme avili releva le courage.
Suger, la liberté fut ton heureux ouvrage.
Tout périffoit fans toi : mais quand d'un jour fi doux
Ta fageffe eut verfé quelques rayons fur nous,
L'Etat fortit enfin de fa langueur mortelle.
Tout Politique alors te choifit pour modèle ;
Et de l'Oppreffion les funeftes rameaux
Emondés par vingt Rois & par cent Tribunaux,
Cefsèrent d'étouffer fous leur funefte ombrage
Les vertus, les fuccès, les beaux Arts, le courage.
Le Peuple avec des droits eut des talents nouveaux ;
L'Homme, moins opprimé, connut une Patrie ;
On vit naître l'honneur, & germer l'induftrie :
Enfin quand Richelieu, fi ferme en fes projets,
Voulut de tant de biens affurer les fuccès,
Il mit d'un bras plus fûr la hache à la racine :

Dans nos champs étonnés, ce vieux tronc abattu
N'ébranla pas l'Etat du poids de fa ruine :
Le Trône par les Grands ne fut plus combattu.
Du Peuple délivré les efprits s'élevèrent ;
Tous les Arts à-la-fois à fleurir s'empreffèrent.
Du Commerce agrandi, les fortunés vaiffeaux
Nous livroient les tributs de cent Peuples nouveaux ;
Nos Guerriers triomphants reculoient nos frontières ;
Nos Savants mieux inftruits découvroient dans les Cieux,
Des aftres aux mortels inconnus avant eux ;
Chaque inftant apportoit de nouvelles lumières.
O jours ! ô règne heureux du plus grand des Louis !
Jours où s'accrut la tige & la gloire des Lys,
Où l'Efpagne à nos pieds vint demander un Maître,
Non, l'Europe jamais ne vous auroit vu naître,
Si le Peuple, vil ferf, à la glèbe attaché,
Jouet, comme autrefois, au fond de fes Provinces,
Des caprices des Grands & des fureurs des Princes,
D'un pas foible & tremblant fous le joug eût marché.
Oh ! fi l'on avoit eu dans ce fiècle de gloire,
L'heureufe liberté de penfer & de croire,
La France n'eût point vu de fidèles Sujets,
Pleurants, défefpérés de quitter leur Patrie,
Du Batave à regret enrichir les marais,
Et porter dans le Nord leur fertile induftrie !
Non : ce n'eft pas ce Roi qu'il en faut accufer;
On fait quels intrigants osèrent l'abufer.
Mais quand la liberté, qui feule eût pu l'inftruire,

En guidant près de lui l'auftère vérité,
N'ofe approcher du Trône où fied la Majefté,
Quand le Sage fe tait & craint de fe produire,
Le Prince, fans confeils, à fes Flatteurs livré,
Tombant de piége en piége, eft bientôt égaré.
S'il a quelques vertus, on cherche à les détruire.
Son Peuple eft opprimé, fon pouvoir affoibli ;
D'indignes Courtifans, par une infame brigue,
Trafiquent des bontés de leur Maître avili,
Et le meilleur des Rois eft jouet de l'intrigue :
A leurs difcours menteurs n'ajoutez plus de foi.
La Liberté n'eft point une aveugle licence,
Qui fuit l'ordre & la paix, qui hait toute puiffance :
Son but eft la juftice, & fon guide eft la loi ;
Sans caprice, & fur-tout fans vaine préférence,
Pefant tous les humains avec les mêmes poids,
Du foible qu'on opprime elle foutient les droits.
Contr'elle les Flatteurs ont prévenu les Rois.
Ils ont dit, qu'indocile, inquiète, rebelle,
Le Trône l'écrafoit ou périffoit par elle.
Eh quoi ! fous Marc-Aurèle, & Titus, & Henri,
Les Peuples fortunés n'en ont-ils pas joui ?
Des fils ne font-ils pas libres fous un bon père,
Même quand il combat leurs inclinations,
Même quand fa raifon les guide, les modère,
Et les fauve du joug des folles paffions ?
Que les Rois foient inftruits, que le Peuple s'éclaire,
Ils connoîtront bientôt quels communs intérêts

Doivent lier entr'eux le Prince & les Sujets;
Que l'un n'eſt point heureux ſi l'autre ne proſpère.
Il faut de l'ordre en tout pour vivre dans la paix,
Et pour maintenir l'ordre il faut une puiſſance :
Ainſi la Liberté, l'objet de nos ſouhaits,
N'eſt point une farouche & folle indépendance.
Cet humble Laboureur, ce modeſte Artiſan,
Le paiſible Erudit, l'induſtrieux Marchand,
N'ont aucun intérêt à troubler la Patrie :
Le Peuple eſt écraſé dans des jours d'anarchie.
Nous ne vous craindrons plus, ſubalternes Tyrans,
Vous qui nous opprimiez ſous cent noms différents;
Le Roi n'a pas briſé le joug de ſes Eſclaves,
Pour que la Nation vive dans vos entraves.
En commençant ſon règne, à peine en ſon printemps,
Il rappela Thémis de ſon Temple exilée,
Il étouffa l'uſure, il ferma les cachots
Où périſſoit ſouvent l'innocence accablée;
Au coupable expirant il épargna des maux.
Dans le fort de la guerre il ne mit point d'impôts;
Il repouſſa le luxe, & ſes ſoins tutélaires,
Ses ſoins ont apporté des ſecours empreſſés
Dans cet aſile, hélas ! des humaines miſères,
Où les pauvres mouroient l'un ſur l'autre entaſſés.
Ils vivront, & le Ciel entendra leurs prières.
Les diſcours faſtueux du plus grand Orateur,
Sont bien loin de valoir, pour gagner ſa faveur,
Les bénédictions qui partent des chaumières.

Heureux, heureux le Peuple, & plus heureux l'Auteur
Qui peut louer son Roi sans passer pour flatteur !
Je ne le serai point ; je me borne à l'histoire ;
Je me voue au vrai seul. O François ! ô mon Roi !
Vous ne tromperez pas l'espoir que je conçoi :
C'est me vouer sans doute à chanter votre gloire.

F I N.

Lu & approuvé, ce 19 Août 1781. DE SAUVIGNY.
Vu l'Approbation, permis d'imprimer, le 21 Août 1781. LENOIR.

www.ingramcontent.com/pod-product-compliance
Lightning Source LLC
Chambersburg PA
CBHW061509170626
46811CB00004B/1670